엄마가 되니 꽃이 보였다

소통과 힐링의 시 21

엄마가 되니
꽃이 보였다

강구자 시집

서시

엄마가 되니

꽃이 보였습니다

꽃을 보니

꽃세상이

되었습니다

3부 마구마구 피워대
는 열정들 싱싱한
사랑으로 엮그는

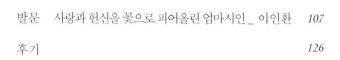

1부

가장 고운 꽃이여
가장 따뜻한 꽃이여

참꽃

새색시 연지 빛깔 꽃 무더기에
싹 빨려 드는 황홀함 때문이었을까

어렸을 적 어머니는
참꽃 핀 산에 가면 간첩 나온다 하셨다
국민학교 오갈 때
키보다 더 큰 나무에 한 무더기씩 핀 걸 올려다보다가
꽃분홍 색깔에 홀려서
자칫 집도 못 찾아올까 그랬을지도 모르는 일

그때 살짝 맛 들인 씁쓸한 떫떠름으로
반평생을 참꽃 산에 마음 주고는
들키는 게 싫어서
웅크린 모습 숨기고 싶은 거야

붉디붉다가 색 바랜 알싸함으로
회오리처럼 휘감는 황홀감이여!

살구 익을 무렵

생살 에이던 봄바람에
생살 찢던 아픔으로
달빛 눈부신 꽃잎이

싱싱한 잎사귀
휘돌아 치는 애씀으로
꽉 알찬 노력은

건강한 살빛 열매로
군침 돌건만
자꾸 떨어져서 고단하게 만든다

애태우며
기다리는 아비 마음
또 또오
기다리는 어미 마음

영춘화

봄이 피었어요
핏기 없는 겨울빛 헤치고
지휘 박자 따라
놓이는
노란 꽃다리

꾀꼬리 양 날갯짓으로
불협화음까지도 잘 어울리니
맑은 메아리
봄 해 솟은 빛소리

추위 속에 맺은 인연
연두색깔 추억 저축으로
얌전히 싹튼
첫 봄빛 사랑이여

앵두

음력 오월 열아흐레 엄마 생신 날
친정으로 달음질쳐 가면
앵두 한 바가지 들고 오시는 엄마

앵두 속살 먹으며
들척지근한 엄마 사랑으로
시끌시끌 웃음소리
온 우주로 보내는 자식들

갓난아기 입술보다도 더 빨간 앵두 빛깔이
친정 엄마 맑은 성품 닮은 거야

다홍빛 맑은 마음
한없는 엄마 사랑

찔레꽃

예전에 찔레꽃 보면
냇가 둔덕에서 찔레 순 꺾어 먹으며 웃어 대던
국민학교 때 동무들 얼굴 떠올랐는데

어머니와 하룻밤 자고 오던 날
어머니 집 앞에서 하얀 찔레꽃 보던 날부터
시어머니 얼굴이 보인다

5월 얘기 나누던 날
내 어리광 가둬 주고
마음 둘 곳 만들어 주신
우리 어머니

쪽빛 하늘에 찍은 하얀 꽃 도장
따뜻한 어머니 얼굴 도장

17

나팔꽃

아침 햇살에 세수하고
부지런히 성실하던 나팔꽃

아침 아녀서
돼지꼬리처럼 배배 꼬아 올라가기 힘들었나요?
때가 찬 어스름 달빛 때문이었나요?
왜 그리
빨리 내려놓았나요

온 세상 촛불처럼 묵묵히 밝혀 주고
온 마음 아낌없이 나눠주고
온 사랑 많이 남긴
사랑 깊은 나팔꽃

18

목화꽃

피워낸 하얀 사랑이
곱디고운 분홍으로 지는 꽃자리
몽실몽실 피워낸 목화 솜 꽃

시집보낸다고
목화 솜이불 꿰매던 엄마

솜이불처럼 폭신폭신 하얀 사랑일까
눈물 가둔 가슴 먹먹한 분홍 사랑일까
솜으로 폭신폭신 따뜻한 사랑인 게죠

가장 고운 꽃이여
가장 따뜻한 꽃이여
사랑합니다
어머니
아버지

21

찔레꽃2

다소곳한 5월
빈손으로 찾아간 자식
버선발로 맞이해주신
온화한 사랑 닮았기에

자식 한숨을
정성스러운 기도로
씻어 주는
한없는 사랑 닮았기에

가시에 목욕한 자식들
토닥토닥 씻어주는
맑은 사랑 닮았기에

오월에는 지천이다
하얀 사랑 꽃이

달맞이꽃

친정 집 들머리 어귀에
뽀얀 달 벗 삼아
호젓하게 피었습니다

햇볕에 익을까 봐
밤에 피어
곱다랗게 뽀얘서
달 기운에 취해보렵니다

말없이
아무 말없이
고요히
나를
바라보다가

아침을 맞으렵니다

산국화

어느 산자락
어느 들판
어디서나 피어 있어서
넓은 마음 미처 헤아리지 못했습니다

불의에 당한 사고
아픔에서도
수술 거부하며
자식들 사는 서울로 가시겠다던
큰마음 미처 헤아리지 못했습니다

철없는 자식들
그동안 못한
효도 더 하라고
살아나신 어머니

넓고 큰마음
사랑합니다

네 잎 토끼풀

뒤적이다 보이면
활짝 함박웃음
휘젓다 찾으면
행복 넘친 행운 가득한 날

손가락 걸지 않아도
온 지구 휘젓지 않아도
만난 우리는
억만 분의 일 인연

선물인 우리
만나는 날마다 생일
맨날 크리스마스 날

접시꽃

보고 또 봐도 보고 싶어서
등 맞대고도 피고

마주 바라보며 펴서
접시 크기만큼 넓은 꽃등 켰구나

입맞춤
눈맞춤으로 모자라
함박웃음으로
빨강 노랑 하양 분홍 꽃 장식으로
삼사십도 여름도 탐스럽구나

딸 엄마 사이
아들 엄마 사이처럼
참 각별하구나
유달리 특별해

서리꽃

살얼음 살아있던 날
아버지 제사 지내고 올라오는 새벽 길가
여명 빛에 히 번쩍 스치는 서리꽃
아픔에 또 아픔이다

꿈속으로 찾아주던 아버지는
하얀 머리카락에 까만 두루마기 차림으로
아무 말씀 없이 씩 웃으시고는 당신 집 쪽으로
자전거 타고 홀홀 떠나시는 뒷모습만 뵙던 날
섧고 서러웠는데
몇 해를 꿈에서도 안 나타나시더니
제삿날 새벽 길가에 하얗게 피어서
배웅하는 눈물 꽃

추위 밟으며 일터로 돌아가는 자식들 위해
희생하신 아버지
이제 눈물 거두소서
곧 아침 햇살이 퍼질 것입니다

금낭화

금낭화를 보며
여섯 살 아이 엉덩이 닮았네 하는데
일곱 살 아이 꽃이 귀걸이 달았네 하고
쉰 훨씬 넘은 고모는
갈래머리 여고생들이 쪼르르 줄 서있네 한다

포실포실 엉덩이 춤추듯 귀여운 봄 애교로
살랑살랑 귀걸이 흔들며 봄 인사로
빵빵하게 채운 봄 수다로
보는 이마다 다르게 표현하지만
누구에게나 사랑스러운 꽃 금낭화

2부

활짝 피워낸 웃음 덩어리
활활 타오르는 기쁨 덩어리

매화꽃

너는 나에게 봄
배시시 수놓은 미소
쪽빛 겨울 하늘 밝히는 햇살이어라

지천명의 시 피워내라고
응원 박수로 찾아온 봄

활짝 피워낸 웃음 덩어리
활활 타오르는 기쁨 덩어리
봄
봄

냉이

한국인 많이 가는 베이징 왕징 평가시장에서
가느다란 뿌리와 연한 잎 들쳐보다가
에이, 냉이가 뭐, 이래
베이징 땅에서 자랐을까?
한국 땅에서 자란 걸 들여온 걸까?

봄마다 엄마 뒷밭에서
전기줄 만한 뿌리
아기 손가락만 한 이파리 가진
튼튼한 냉이 캤던
고향으로 나래짓

다닥다닥 고향 싸락눈 닮은
다 내주시던 엄마 닮은
고향 나물

냉이꽃

엄마 텃밭에 냉이꽃이 피었다
활짝 핀 냉이꽃 사이로
엄마 집 지붕 보이고
웃는 엄마 얼굴도 보인다

겨울 기운 깊게 빨아올린 하얀 뿌리
다닥다닥 아들들, 딸들
고향 땅 기운 받아 위풍당당
길죽 매끈 하얗다

열 손가락보다 많게 펼쳐서
꽃 모양 만든 여러 갈래 잎들
해님처럼 끝없이 나눠주는 엄마 사랑 닮았다

다닥다닥 엄마 젖망울 닮은 하얀 꽃
망울망울 엄마 눈망울 닮은 하얀 꽃
거뜬한 봄을 자랑하게 한다

다 주고도 더 주고 싶어 하는
우리 엄마 닮은 꽃
사랑 많은 맑은 하얀 냉이꽃
엄마 텃밭에 냉이꽃이 피었다

맨드라미꽃

어째 그리 새빨개져서 설레게 하노
베이징 한복판에
오종종하게 모여
한국 꽃밭을
맨드라미꽃을 보여 준 게야

베이징 한복판에
뻘건 불을 밝히니
외로움이 확 달아나고
벌렁벌렁 두근두근 뛰는 걸 보면
혼불을 건드려 준 게야

혼불 밝힘으로
깨어난 얼이여
번뜩 차린 정신이여
시들지 않은 사랑이여

조팝나무꽃

사랑을 튀겨 붙여서인지
자꾸 쳐다보게 하네

선희가 유난히 좋아한다는 꽃

이제 알았다
사랑해서
보고 싶어서
깔끔하게 붙들고 있다는 걸

산수유꽃

비눗방울 터트리듯
퐁 퐁퐁 맺히더니
어린아이 웃어젖히듯
활 활활 터트렸다

봄 문 열고
불꽃 터트리는 듯
타다닥 탁탁탁
넓디넓은 땅 놀라게 해

개나리
진달래
목련
벚꽃
한꺼번에 피게 했다
봄 꽃 맞이한
아이들 웃음소리 닮은 꽃

능소화

한 여름 하늘 닿을 듯
오르고 또 올라
나팔처럼 활짝 핀 능소화

아폴론 만나
태양 기운 받으려 함이지요
쏟아지는 태양빛을
기도 손에
모으고
모아서

수술한 친구 퇴원하던 날도
머리카락 다 빠진 거 보고 오던 날도
암덩어리 떨굴 수 있는 힘 꼭 주십사고
빌고
또 빌었지

여름 내내
친구 위로해 준 태양 빛깔 능소화여
가을볕 빛내는 찬란함이여
영광의 주황빛 사랑이어라

39

능소화2

높이 더 높이 기어 올라가다
성에 안 차
아래로 다시 내려오는
긴긴 기~인 긴 줄달음
담장 높이를 재고 또 재어도
그 높이 알 길 없습니다

긴 머리 풀어헤치고
태양에게 안기고파서인가
충혈된 태양 색깔이로다

섦고도 서러운 꽃이여
기염 토하듯 꽃잎 통째 툭 뚝 떨구었으니
기다림은 이제 내려놓으소서
그리움도 이제 그만 내려놓으소서

치자꽃

사르르 초여름 바람 부는 날
하얀 모시 한복 입은 여인
성모 상 앞에서 기도한다

잠깐 보았는데
눈 감아도 보이고
꿈속에도 보이고

뒷맛 달큼한 치자꽃 내음 닮은 여인이
오늘도
살포시
취하게 하네

41

덩굴장미

내 눈길
잡아 가두는
당신은 누구입니까?

맑은 오월에도
지지 않는 매혹은
어디서 나오는 것인지요

날카로움에 찔려도
꼭 한번 품어보고 싶은데요

기다랗게 뻗어 붙어있는
올망졸망한 식구들이
나를 노려보는구려

붉디붉은 내 사랑
내쳐지니
얄밉게 참혹하다오

소국

바알간 햇귀 맞으며 출근하는 길
알록달록 노란 분홍 보라 소국 화분
서로 어깨 맞대어

엄지손가락 치켜세우며 네가 최고야
고개 살짝 돌리며 네가 좋아
응원의 말이
응원의 말이

수많은 화살 쏘듯 햇살 밝히는 아침 노래로
스르르 녹는 솜사탕처럼 보드라운 노래가
너를 위한 노래
너를 위한 사랑의 노래

은행나무꽃

연한 잎사귀 품속에서
칠흑 하늘과
아득한 별빛과
소곤소곤 이야기하는가 싶었는데
한 줌 바람에게 들켰으니
숨바꼭질 끝났는가 보다

누군가 눈길 사로잡지 못해
휘어 잡힌 듯 휘청하지만
4월 세찬 바람 중매로
이루어 낸 사랑들

천 년 수명 자랑하는구나
억 년 사랑 자랑하는구나

은행잎 안부

하늘 한가운데 떠 있는 해를 닮은
샛노란 은행잎

쌩쌩 비행기였던가
파장으로 교신한다는 벌이었던가
베이징과 서울
서울과 충남 아산
충남 아산과 베이징을
오갔던 게지요

서울 있는 남편 얼굴 또르르
충남 아산에 있는 큰 아들 얼굴이 사르르
그리움으로
쌓이고
또
쌓인다

호박꽃

살금살금 뙤약볕 받아
찬란한 꿈 지어 주니
마음 메아리 울렸구나
보물 잉태 도움 주고

그것 봐
혼자는 안 되는데
편하니 참말 좋은 걸
친하니 이래 좋은 걸

3부

마구마구 피워대는 열정들
싱싱한 사랑으로 영그는

명자나무꽃

새싹 바람으로
피어난 명자꽃

정겨운 이름
딸기 빛으로 모인 친구들

삼삼오오 쏟아낸 여고 추억들은
꽃샘추위도 밀어내며
달달하게 젖어든 정열의 봄 빛

마구마구 피워대는 열정들
싱싱한 사랑으로 영그는
중년 햇살이어라

민들레

촘촘히 촘촘한
햇살 가루로
봄 꽃밭 따스하다

방해 바람 분다 해도
같이 있고 싶은 것은
따라가고 싶은 것은
우리 정이 있기 때문이야

우리 사랑의 신
햇살 가루 있기에
빛난다 축복이
축복이 과분하다

상사화

이제나 저제나 꽃 생각만 하며
사랑도 열정도 품은 채 말라버린 청춘
한 줌 거름으로 스러진 희생이어라

촛불 기도로 잉태된 꽃망울들
올망졸망 꽃 기도
꽃으로 부활한
슬픈 그리움이어라

혼자여도 함께 있는 듯
서로를 향한
절절하고
애절한 사랑이어라

53

개망초꽃

에 헤헤 헤야 헤헤헤헤
하얀 꽃바람이 불어 댄다

개망초꽃 사이로 가물가물하는 얼굴
떠나가는 날에
화해 요청으로
꽃 장식한 하얀 길가

한 번 맺은 인연의 끈 놓지 말고
개망초꽃 보며 자기 생각해 달라고
누웠다 일어났다
일어났다 누웠다
하얗게
하얗게
휘젓네

개망초꽃2

가뭄 극심한 날 뙤약볕
라일락 나무 화분 귀퉁이
주중 물 한 바가지 부어주며 칭찬 한 마디로
건강하고 곱던 개망초 꽃망울

아,
뽑혔구나
숨 쉬기 어려울 만큼
바짝 말라서도
웃어 주고 있다

자기 생명 못 다 할 아무런 까닭 없는데
사람 멋대로 지은 잡초라는 이름으로 숨통 끊긴 생명이여!
남의 집 귀퉁이에서 가느다랗게 살다 무참히 뽑힌 삶이여!

부디
다음 생에서는
사랑받는 생물로 태어나게 하소서!

백합꽃

아리스 기도 들어준 백합꽃이
남의 말 기울여 듣고
철부지 마음 헤아리려
큰 귀로 피었어요

흠집 가루 감싸 주어
사랑스런 말씀 전하라고
넓은 나팔로 피었어요

예수님 자비로운 웃음처럼
성모님 인자하신 미소처럼
온 세상 밝히려
환한 순 하양으로 피었어요

크고
넓고
환하게
순수한 사랑
깨끗한 사랑으로

57

살구꽃

봄바람 세차게 불던 날
골난 아이 쏙 내민 입술 마냥
퉁퉁 부은 살구나무 생가지
삐죽삐죽 생살 찢고 솟아오른 분홍 망울

달빛에
살빛 꽃잎 떨굴까 봐
조심조심 발길 떼 놓는데도
훅- 훅- 방황하며 떨어져
마음 시리게 하는 꽃잎

주워 들고서
쓰다듬어 본다

애쓴다
애썼어

과꽃

음력 9월 말
낙엽 옆에
희끗희끗 무서리 모자 쓴 여인들

몇십 년 여름 수다
시루떡처럼
켜켜이 쌓은 우정

가을 가둔
분홍 웃음꽃
바짝 익은 수다로
곰삭은 진분홍빛 추억되어
꽃 자줏빛 옛이야기 나눈다

맥문동꽃

다닥다닥 밥풀떼기 붙인
두 살배기 닮은 보라 꽃

안 머어 안 머어
떼찌 떼찌 아니야
어리광 호령해도
밥 잘 받아먹으면 웃음으로
밥 안 먹어줘서 울상으로
할머니의 진한 멍으로 빚어진 진보라 구슬
삼십사오도 태양열에
삼십팔구도 신열 앓으면서도
모래 놀이하며 한 망울
미끄럼 타며 또 한 망울
그네 타며 또 또 한 망울
까르르까르르 웃음
송골송골 구슬땀
또랑또랑하게 찍으며
쑥쑥 여무는 철부지 두 살배기처럼

불볕 이겨내며
대단한 여름
단단하게 익어가는
밥풀떼기 보라 꽃

배롱나무꽃

소서(小暑) 아침 출근길에 첫 눈 맞춤
폭죽처럼 퐁퐁퐁
맑은 꽃분홍 웃음

비 내리는 날이나
햇살 따가운 날이나
분홍 옷 입은 여자 아이처럼
야들야들 살랑살랑
신명 나던 여름

한로(寒露) 찬 이슬로 단장하고
단풍과 맞잡은 꽃 끝에
석류처럼 짙게 익은 진분홍 웃음

백일 신명 나던 여름
백일 행복하던 여름
천천히 익어 철들게 하는
목백일홍꽃
배롱나무꽃

애기똥풀꽃

분유 먹다 쳐다보던
아기 눈동자 속에 핀 노란 애기똥풀꽃
한 번 마주친 뒤로

꼬물꼬물
옹알옹알
홀려서는

꼼짝 못 하며
만져 보고
자세히 보게 되는

하얀 젖망울 게워내도
샛노란 물똥 싸 놓고 울어도
후다닥 달려가게 되는

꼬물꼬물
옹알옹알
홀리고 반했네

마주친 순간
넋을 빼앗겼다네

소나무들

성모자상 뒤에 소나무들
양팔 벌려 어깨동무한 채
모진 바람막이로
아기 예수 안은 성모 마리아 지켜주듯

노래와 어깨춤 장단
덩달아 덩실덩실 맞춘 호흡
피토 친트와 오로라 내뿜으며
너울너울 사랑 충전 주사
살랑살랑 마음 반창고
룰루랄라 힘 발산 비타민

서로를 위하여
서로를 치유해주며
하나 된 우리는
어깨동무한 소나무들처럼
서로서로 지켜준다

꽃 허물

하얀 영산홍 꽃
사흘 전만 해도 지친 나를 찬란히 호강시키더니
뱀 껍질 닮은 꽃 허물들이
누렇게 수북하다

새잎에 밀려 떨어진 꽃들이나
중심 잃은 정치가들 권력 남용 행태에 지친
시민들 한숨 소리나
핏기 없는 것은 매한가지

꽃 눈물들이여
한숨 소리들이여
어서어서 뚝 그치게나

새 시대
밝은 희망
기다리게나

눈꽃

오금 공원 산모롱이
하늘 청소부 작품
하얀 눈꽃 밭

소나무는 하얀 모자 쓰신 다정한 할아버지로
영산홍은 포실포실 사랑스러운 안개꽃으로
무궁화나무 열매는 몽실몽실 목화 솜사탕으로
개나리는 투실투실 하얀 울타리로

깨끗한 꽃들은
하얗게 제대로 숨긴
숨바꼭질 놀이 대장일세

4부

비밀스러운 사랑
숨겨진 짝사랑이었음을

베고니아꽃

정답기도 하여라
고만고만한 꽃들이
미주알고주알 속내 드러내는
앉은뱅이 우정 닮았구나

스무 해 전에
서로서로
꽃 이름 '베고니아'라고 가르쳐 줬던 사실이
엊그제처럼 생생한데

잘 싸워낼 거라고
잘 이겨낼 거라는
아픈 친구 다짐 들을 때마다

자꾸자꾸 흐려지는 영상은
붉은 액체로 굳어져
꽃자리에 새긴 우정 도장

목련꽃

저래서 눈이 부시는구나
목젖이 보이도록 웃어젖히는
아이 입처럼 화~악 열려 있는
꽃 입에서 빛이 난다 빛이 나

함께 벌어지더니
확 사로잡던 봄기운을
몽땅 꽃 하품으로 토해내는구나

분명 센 후유증이지
4월 입병도
4월 졸음도
저 눈부신 하품질들 때문이었던 게야

그래 놓고는
화무십일홍 뛰어넘지 못해
앓다
앓다가
화병으로 누렇게 드러누운 게야

결국 흙으로 돌아가는 것을
무슨 소용이고
몹쓸 화려함이여
높은 고귀함이여

69

봄까치꽃

경남 산청 성심원 마당 누런 잔디 위
보일락말락 언뜻 보인다
쪽빛 봄까치꽃

쓰윽 스쳐 지났는데
다시 찾은 그곳에
보일락말락 당당하게 빛내고 있으니
쪼그려 앉은 게 성 안 차
다시 쭉 엎드려
눈 맞추고
추위 어떻게 견디었니
나눈 봄 인사

몸은 땅에
마음은 하늘로 띄우고
기쁜 봄소식 전하네

개나리꽃

축 늘어뜨린 울타리 개나리 나무들
꽃바람이 노란 가루 뿌렸구나

빼꼼 나온 병아리 주둥이만한 꽃망울들
보드라운 바람 지나가니
간지럼 타는 아기별처럼 살랑살랑

점점 실룩샐룩하더니
꽃마리꽃
냉이꽃
꽃다지꽃
별꽃

많이도 초대했구나
혹독한 요동 속에서
숨죽이다 깨어났으니
마음껏 발휘하거라

산도 웃기고
나도 웃기고

수수꽃다리

연두 버버리 위에
보라 스카프가 나붓나붓 나부낀다

꽃샘추위 이겨낸 당당함으로
맛 잡은 손이 살랑살랑 살랑인다

반짝 반짝이는 설렘 따라서
연보랏빛 햇살 세상이잖니

손 꼭 잡고
나들이 가자
봄소풍 가자

동백꽃

부산 아지매 닮은 동백꽃
베이징 살이
첫 번째로 만난 한인 성당 교우
베이징 미카엘 성당 가는 길 알려주고
레지오 단원으로 성가대원으로 이끌어 준
활짝 핀 동백꽃 닮은 부산 아지매

타국 하늘에서 안개에 갇혀 충혈된 태양처럼 말 잃고
먹구름에 끌려가는 달무리처럼 갈팡질팡하며
먹고 먹어도 허한 향수병에 비빔밥 먹게 해 주던
활짝 핀 동백꽃 닮은 부산 아지매 동백꽃

부산 아지매 닮은 동백꽃
동백 섬 찾아가게 했던 동백꽃
베이징 겨울을 봄으로 밝혀 준 동백꽃
길잡이 등대 동백꽃

아카시아꽃

소복소복 부시게 핀 오월 아카시아꽃
단발머리 여고생 때 재잘거림에 섞여서
하얀 블라우스 위에도
까만 후리아 치마 위에도
살랑살랑 내려 주었지

여고 때 5월 애국 조회 때마다 구령대 뒤 쪽빛 하늘에
몽실몽실 흰 구름 같은 꽃송이들
백 세고 또 백을 세어도
끝나지 않는 교장선생님 훈화에
꽃 솜사탕을 만들었다가
또 좋아하는 아이 얼굴 꽃 위에 그렸다가

주렁주렁 매달린 그리움은
차마 올려 보고 말 한마디 못 건네던 수줍음으로
몰래 한 움큼 움칫 놀라는
비밀스러운 사랑
숨겨진 짝사랑이었음을

마흔 해 지난 지금 눈치채다니

나리꽃

빽빽이
정 많기도 하지

소담스러운 손짓으로
인사하고
불러주는 저 미소

한 곳 쏠림 아니고
여러 곳 사랑 샤워로
웃음꽃 활짝 피우네

오동나무꽃

이곳
저기
머리 위에서
울리는
4월 보라 종소리

숨구멍 막는 황사에도
휘청이게 하는 봄바람에도
성실한 춤사위로
제 할 일 너끈히 해내는

온 땅
온 하늘
감동시키는 은은한 음률

옥잠화

여름 저무는 날
초록 집에 온 백옥 비녀 닮은 옥잠화

구름 커튼으로 햇빛 가린 날이나
달빛 화장으로 밤 빛 밝힌 날에
살포시 꽃 문 열어 꽃 내음 물결 이루어
순백 맑은 연못이로다

조용조용 벌어진 꽃잎 사이로
뽀얀 달빛 목욕 보여 주니
살그머니 물드는 하얀 실 웃음

빙그레 침착한 꽃웃음이여
발그레 순진한 수줍은 사랑이여

안개꽃

혼자로는 꽃 빛 내기 힘드니
은하수만큼 피워내야
꽃다발 이루는 것을

함께 찬미하며
함께 찬양하니
온 세상 퍼지는 빛소리인 것을

어우러져 피워내는 화음
은은한 메아리
빛소리

자귀나무꽃

살랑살랑 사랑이
반짝반짝 비단실로
너울너울 부채춤으로
기쁘게 덩실덩실

빛살 태우는 땡볕에서도
물살 뒤집는 태풍 바람에서도
색 변하지 않을 메아리
무지개 메아리

낮이면 활짝 폈다가
밤이면 나비 날개 접히듯
사이좋은 잎처럼
짝 합치는 다정함

두근거리는 가슴이어
두둥실 사랑이어

포인세티아

절반을 주었구나
너로 인해 나는 난롯가에 앉아있거든

하나 둘 셋도 성 안 차서
다섯까지 셀 수 있는 큰 별 되어
빛살을 사로잡은 게야
베들레헴 별도
지친 사람들 위해 환한 빛을 비춰서
성자 별이라는 이름 얻었다지 아마,

하지만 나는 널 성스러운 꽃이라 부르고 싶어
성스러운 꽃 네가 쏘아 준 빛살로
토라졌던 웃음 되찾았거든
그러니 이젠 나누어 줄 수 있을 것 같아
내 별사탕을
내 박하사탕을

백일홍

오목하니 봉긋한 이마를 가진
소꿉동무가 꽃밭에 있네

여름 되는 날 보였는데
어제도
오늘도
여름이 끝나도
보이네

재잘재잘 소꿉장난하는 손가락들
네 손톱 내 손톱 부딪치며
겹쳐진 만큼 쌓인 정

마음과 마음이 부딪치면 뭉클해진다는데
몽글몽글 봉긋하니 뭉클한 꽃
겹쳐진 만큼 쌓이는 정다운 수다
기쁜 행복

프리지어꽃

양팔 벌리며
안아 준
님

요술 방망이에 봄 내음 잔뜩 담아가지고 와서

성모님 앞에서
기도하는 이들에게
나누어 주시는군요

진작 알았더라면 좋았을 걸
지금이라도
알게 해 주어서
고맙습니다

깨끗한 내음
산뜻한 내음

성모님 마음
선한 의지여

5부

혼자여도 함께 있는 듯
서로를 향한

벚꽃

뭉게뭉게 꽃 뭉치
부르는 손짓에
순간 멈춰버렸어요

뭉치 꽃들
서너 번 눈짓에
하얗게 펼쳐진 꽃이불
오도카니 올려다보며
세 번 숨 쉬니

반짝 반짝이는 꽃빛으로
황홀한 봄 속에
맑은 마음
해말쑥한 정신이로다

춘란꽃

엄마 안방에 춘란꽃이 피었어요
큰 날개 펴고 춤추는 학처럼
우아한 춘란꽃

우리 엄마 정춘란
춘란꽃 옆에서 웃어요

팔순 엄마께서 웃으니
진갑 오빠도 껄껄껄
육순 나도 덩달아 깔깔깔

생강나무꽃

봄빛 머금은 삼월 산속에서
어깨동무한 샛노란 망울

느닷없이 불어주는 바람결 따라
바라만 봐도
퐁퐁 퐁 퐁 솟아나는 설렘
두근두근 심장 뛰는 떨림
몽글몽글 피어나는 수줍음

어쩌나 사랑인가 봐
빌려준 어깨에 기대어
봄 햇살처럼 환한 웃음으로

어깨동무하고 함께 앉아
아롱아롱
봄 이야기 나눈다

봉숭아꽃

올해도 발간 봉숭아꽃이 피었네요
할머니 사시던 큰 아버지 댁
마당 한쪽 장독대 옆 올망졸망 봉숭아 꽃
화덕 위 양은솥에
모락모락 구수한 감자 보리쌀 밥 익어가고

허리 굽은 할머니
손에 들린 한 양푼 열무비빔밥

마커 먹어라
마커 먹어

싹싹 비운 그릇
할머니 흐뭇한 미소

녹색 김치와 붉은 고추장
녹색 이파리와 발간 봉숭아 꽃잎

푸근한 되새김으로
편안한 내 기억
행복하다
할머니 사랑

분꽃

따가운 햇살에서도
따뜻한 가을날에도
발간 색깔만 보여 준 분꽃

유난히 큰 눈망울
발그레한 입술
하얀 이 드러내며
환하게 웃어주던 너

너 닮은
발간 웃음을
이제야 알았다

까만 씨 탁 터트려
하얀 분을 내어주던
수줍음 많은 분꽃

개양귀비꽃

오월 햇살 따라서
선생님 뵈러 가는 길가
아카시아 꽃바람 리듬에
춤추던 빨간 개양귀비꽃들

살랑살랑 꽃 춤 따라서 온
'음악의 산책' 카페에서
화사하게 웃으시는 선생님
여고 때 이야기 나누던 제자

여러 곡 노래에 귀 호강
여러 모금 커피에 그윽한 향
여러 조각 쿠키에 함박웃음

큰 사랑
좋은 사랑을
1년치 통장에 넣어 왔으니
이 큰 위안이 어디 있으리오
이 긴 기쁨이 어디 있으리오

왕원추리꽃

여름
그 자리에서
늘

반겨준다
웃어준다

엄마 얼굴처럼
반겨주니

소꿉동무 얼굴들이
고향 벗들 얼굴들이
웃어준다

조잘
재잘
재잘

카네이션꽃

오월 햇살 속에서
더 빛나는 빨간 주름 꽃

아이들 울음 소리 들으며
아이들 한숨 소리 들으며
아이들 투정 소리 들으며
하나
두울
간직했을 주름

자녀들 발자국 소리에 웃고
자녀들 노래 소리에 또 웃고
자녀들 웃음 소리에 또 웃을

내가 했던 일 반성하게 하고
나를 날마다 조금씩 철들게 하고
내가 해야 할 일 찾게 하네

무궁화꽃

제헌절이라 게양된 태극기 옆
두 송이 무궁화꽃
서로 다른 곳 바라보는 듯
한 곳을 향하고 있다

거미줄 즐비한 곳에서
개미
진드기
간지럽히지만
일편단심 흔들리지 않으려 꼿꼿하게 서 있는데

한 점 바람이
또 흔들고 지나간다
몹쓸 바람 같으니라고

벼꽃

고향 팔월 논
벼 바람 사이로
살짝 스친 갓 지은 쌀밥 내음

이순(耳順)에 무릎 꿇고
티끌 같은 하얀 꽃
눈부처 시킨 뒤로
또 보고 싶어지더라고요

일 년 기다려서
본
하얀 꽃
아버지의 지게가 보이고
어머니의 광주리도 보이고

찰나의 꽃
생명 이어주는 소중한 꽃

101

수선화

해 닮은 노란 수선화
모래바람 불어 대던 베이징 삼 월
노란 수선화 거실 텔레비전 옆에서
한 송이 한 송이 비발디 '봄' 연주하듯
봄 해처럼 환하게 피었구나

봉긋한 노란 꽃술 도장
봄의 소리 왈츠에 맞추어
너울너울 풍기는 달달한 별 사탕 맛으로
봄이 웃는다

기쁜 봄이
신선이구나

등나무꽃

등나무 꽃봉오리 사이로
주님 말씀이 주렁주렁 쏟아졌던 날

성당 구역장 당부 말씀도
반장 훈화 말씀도
반원들 생활 속 사연 말씀에서도
보라 꽃망울 따라 우수수 복음 샤워하고
저절로 취한 은총은

보라 꿈이
회개에서
주님 사랑으로 다시 태어났다

연꽃

대낮에 등이 환하게 켜졌네요
부와 명예
권력과 탐욕
부정부패와 비리
모두 감싸 안은
진흙탕 연못에서 피어 난 희생이어라

아마도 추한 멀미를 앓고 나서
맑은 소리 내는 종 같은 것
투명한 빛내는 등 같은 것
모두가 굉장한 풍경 만드는
치유의 원천이어라

맑은 희생으로 밝아지는 세상
치유의 원천으로 행복한 우리

사랑과 헌신을
꽃으로 피어올린 엄마시인

이인환(시인)

1. 엄마이기에 비로소 꽃으로 피어난 시인

꽃을 꽃으로 노래할 수 있다는 것은 축복이다. 하지만 우리가 이런 축복을 누구나 마음껏 누리기 시작한 시기는 결코 길지 않다. 불과 몇 십 년 전까지만 해도 소수의 복 받은 사람이 아니고서는 대다수의 사람들은 가족을 위한 희생과 헌신을 당연한 것으로 받아들여야 했기에 이런 축복을 누릴 여유가 없었다.

그런 점에서 강구자 시인의 꽃을 주제로 한 시를 처음 접했을 때는 내심 부럽기까지 했다. 비슷한 또래의 여인들과는 달리 꽃을 꽃으로 노래할 수 있는 축복을 충분히 누려온 복 받은 시인일 거라는 생각이 들었기 때문이다.

그런데 이게 웬일인가? 시인의 시를 접할수록 가슴이 아리다. 꽃을 꽃으로만 노래하는 복 받은 여인의 삶이 아니라 꽃을 꽃으로 볼 수 없었던 이 땅의 대다수 사람들의 보편적인 삶이 살아오는 것이 아닌가?

> 새색시 연지 빛깔 꽃 무더기에
> 싹 빨려 드는 황홀함 때문이었을까
>
>
> 어렸을 적 어머니는
> 참꽃 핀 산에 가면 간첩 나온다 하셨다
> 국민학교 오갈 때
> 키보다 더 큰 나무에 한 무더기씩 핀 걸 올려다보다가
> 꽃분홍 색깔에 홀려서
> 자칫 집도 못 찾아올까 그랬을지도 모르는 일
>
> — '참꽃' 중에서

'참꽃'은 봄에 일찍 피는 꽃 중에 먹을 수 있는 꽃이라고 해서 '진달래'를 달리 이르던 말이다. 시인의 어린 시절의 아이들은 봄이면 참꽃을 주전부리처럼 먹곤 했다. 그러다 보니 어른들은 아이들이 참꽃을 따먹으려고 들어갔다가 길을 잃을까 봐 여간 걱정이 아니었다. 그래서 간첩이나 문둥이 환자가 나온다는 말로 겁을 줘서 산 속 깊이 들어가지 못하도록 했다.

시인은 그런 '참꽃'을 보고 어린 화자의 시각으로 '싹 빨려 드는 황홀함'이라고 노래하고 있으니, 이 얼마나 꽃을 꽃으로 볼 수 없었던 시절의 삶을 펼쳐주는 가슴 시린 역설이 아니던가?

피워낸 하얀 사랑이

곱디고운 분홍으로 지는 꽃자리

몽실몽실 피워낸 목화 솜 꽃

시집보낸다고

목화 솜이불 꿰매던 엄마

솜이불처럼 폭신폭신 하얀 사랑일까

눈물 가둔 가슴 먹먹한 분홍 사랑일까

솜으로 폭신폭신 따뜻한 사랑인 게죠

— '목화꽃' 중에서

일반인들이 보기엔 하얗고 아름다운 목화꽃을 보고 '눈물 가둔 가슴 먹먹한 분홍 사랑'이라고 노래한 이 먹먹한 역설은 또 어떤가? 꽃을 꽃으로 볼 수 없었던 시절의 삶들을 가슴 아리게 새겨주고 있다.

살얼음 살아있던 날

아버지 제사 지내고 올라오는 새벽 길가

여명 빛에 히 번쩍 스치는 서리꽃

아픔에 또 아픔이다

꿈속으로 찾아주던 아버지는

하얀 머리카락에 까만 두루마기 차림으로

아무 말씀 없이 씩 웃으시고는 당신 집 쪽으로

자전거 타고 훌훌 떠나시는 뒷모습만 뵙던 날

섧고 서러웠는데

몇 해를 꿈에서도 안 나타나시더니

제삿날 새벽 길가에 하얗게 피어서

배웅하는 눈물 꽃

— '서리꽃' 중에서

　시인의 꽃에는 역시 가족을 위해 모든 것을 희생해야 했던 그 시대의 어머니와 아버지의 삶이 많이 스며 있다. 꽃을 대하는 시인의 태도는 미사여구와 세련된 시적기교와는 거리가 있다. 그래서 더욱 가슴이 아리다. 도대체 시인은 왜 이처럼 꽃을 가슴 아리게 노래한 것일까?

　시는 시인이다. 시를 알려면 시인을 알아야 하고, 시인을 알아야 시가 보인다. 강구자 시인은 동시대의 여느 엄마들처럼 남편의 내조와 아이들의 양육으로 가정을 위한 희생과 헌신을 해야 했기에 꽃을 꽃으로 노래할 여유가 없었다. 그런 시인에게 비로소 꽃이 눈에 들어온 것은 오로지 엄마로서 자녀의 교육을 뒷바라지하기 위해 모든 것을 내려놓고 시작한 베이징 생활로부터 시작된다.

한국인 많이 가는 베이징 왕징 평가시장에서

가느다란 뿌리와 연한 잎 들쳐보다가

에이, 냉이가 뭐, 이래

베이징 땅에서 자랐을까?

한국 땅에서 자란 걸 들여온 걸까?

― '냉이' 중에서

　아무 연고도 없는 베이징 생활은 시인에게 정말 힘든 시기였다. 엄마로서 오로지 자식의 교육을 뒷바라지하는 이국에서의 삶은 혼자 있는 시간이 많아지면서 지독한 향수병을 불러오기 시작했다. 그때 시인에 눈에 보이기 시작한 것이 꽃이었고, 그렇게 눈에 보이기 시작한 꽃을 한 줄 한 줄 시로 옮기면서 시인은 비로소 꽃을 꽃으로 볼 줄 아는 엄마로 자리를 지켜갈 수 있었다.

하늘 한가운데 떠 있는 해를 닮은

샛노란 은행잎

쌩쌩 비행기였던가

파장으로 교신한다는 벌이었던가

베이징과 서울

서울과 충남 아산

충남 아산과 베이징을

오갔던 게지요

서울 있는 남편 얼굴 또르르

충남 아산에 있는 큰 아들 얼굴이 사르르

그리움으로

쌓이고

또

쌓인다

— '은행잎 안부' 전문

시는 인간이 누릴 수 있는 소통의 도구이자 지친 심신을 치
유해주는 힐링의 특효약이다. 외로움이나 그리움을 가슴에 품
고만 있으면 그것이 응어리가 되면서 주변 사람들과 소통을
방해하는 병이 될 수 있다. 하지만 이를 시로 적절히 표현해내
면 그 자체로 응어리를 풀어내기도 하지만, 그렇게 표현한 시
를 통해 주변 사람들과 더할 나위없는 행복한 소통을 할 수
있기 때문이다.

강구자 시인은 소통의 도구이자 힐링의 특효약이라는 시의
효과를 여실히 보여주고 있다. 한 편의 시가 일상에서 얼마나
큰 소통과 힐링의 효과를 발휘하는지 시인의 삶을 통해 잘 보
여주고 있는 것이다.

2. 꽃으로 소통과 힐링의 시를 펼쳐주는 시인

베이징 한복판에

뻘건 불을 밝히니

외로움이 확 달아나고

벌렁벌렁 두근두근 뛰는 걸 보면
혼불을 건드려 준 게야

혼불 밝힘으로
깨어난 얼이여
번뜩 차린 정신이여
시들지 않은 사랑이여

— '맨드라미꽃' 중에서

　시인이 베이징 한복판에서 마주한 맨드라미꽃은 이제 단순한 꽃이 아니다. 시인이 곧 맨드라미꽃이고 맨드라미꽃이 곧 시인인 것이다. 서로의 외로운 이국생활의 향수를 이해하고 위로하며 달래주는 이심전심의 대상인 것이다. 맨드라미꽃이 비로소 시인을 새로운 의미를 부여받은 꽃이 되었듯이 시인도 비로소 새롭게 들어온 맨드라미꽃을 통해 삶의 새로운 길로 들어서게 된 것이다.

너는 나에게 봄
배시시 수놓은 미소
쪽빛 겨울 하늘 밝히는 햇살이어라

지천명의 시 피워내라고
응원 박수로 찾아온 봄

활짝 피워낸 웃음 덩어리

활활 타오르는 기쁨 덩어리

봄

봄

— '매화꽃' 전문

　시인은 지천명이 되어서 비로소 자연물인 꽃과 감정이입하며 꽃을 꽃으로 노래하기 시작했다. 꽃을 피어내는 '매화꽃'과 시를 피어내는 시인의 공감대가 형성되면서 시인의 시세계는 새로운 세계를 만나게 된 것이다. 처음에는 자칫 가슴에 응어리로 맺힐 수 있는 속내를 시로 표현하면서 힐링의 기쁨을 맛보기 시작했는데, 그런 경험이 축적되면서 시를 통한 소통의 대상이 점차 주변의 소중한 부모, 자식, 친구, 이웃들로 확대되면서 더 많은 이들과 소통하고 힐링하는 시의 세계를 펼쳐가기 시작한 것이다.

　　열 손가락보다 많게 펼쳐서

꽃 모양 만든 여러 갈래 잎들

해님처럼 끝없이 나눠주는 엄마 사랑 닮았다

다닥다닥 엄마 젖망울 닮은 하얀 꽃

망울망울 엄마 눈망울 닮은 하얀 꽃

거뜬한 봄을 자랑하게 한다

다 주고도 더 주고 싶어 하는

우리 엄마 닮은 꽃

사랑 많은 맑은 하얀 냉이꽃

엄마 텃밭에 냉이꽃이 피었다

— '냉이꽃' 중에서

　꽃을 꽃으로 보고 꽃을 노래하기 시작하면서 시인은 비로소 어머니에 대한 애정표현이 솔직해지기 시작했다. 엄마가 되더니 꽃을 보고 꽃을 통해 엄마의 대한 사랑을 솔직히 표현해주는 시를 접하는 딸을 대하는 시인의 어머니 마음은 어떠할까? 그동안 딸자식을 키우느라 고생한 보람을 충분히 느낄 수 있지 않을까? 딸의 시를 접한 시인의 어머니 가슴에 피어오르는 힐링의 꽃송이가 환하게 펼쳐지는 것을 느낄 수 있을 것이다.

빈손으로 찾아간 자식

버선발로 맞이해주신

온화한 사랑 닮았기에

자식 한숨을

정성스러운 기도로

씻어 주는

한없는 사랑 닮았기에

가시에 목욕한 자식들

토닥토닥 씻어주는

맑은 사랑 닮았기에

— '찔레꽃2' 중에서

'찔레꽃2'는 시어머니에 대한 며느리의 애정표현이다. 고부간의 갈등으로 결혼생활이 힘들다는 며느리라면 배워야 할 부분이다. 모든 갈등은 애정표현이 서툴거나 부족한 데서 기인한다. 시어머니 앞에서 애정표현을 직접 말로 하는 것이 어렵다면 시인처럼 이렇게 꽃을 통해 시어머니에 대한 사랑을 시로 표현해서 보여드린다면 그 어떤 갈등도 쉽게 풀어낼 수 있을 것이다.

아폴론 만나

태양 기운 받으러 함이지요

쏟아지는 태양빛을

기도 손에

모으고

모아서

수술한 친구 퇴원하던 날도

머리카락 다 빠진 거 보고 오던 날도

암덩어리 떨굴 수 있는 힘 꼭 주십사고

빌고

또 빌었지

— '능소화' 중에서

스무 해 전에

서로서로

꽃 이름 '베고니아'라고 가르쳐 줬던 사실이

엊그제처럼 생생한데

잘 싸워낼 거라고

잘 이겨낼 거라는

아픈 친구 다짐 들을 때마다

자꾸자꾸 흐려지는 영상은

붉은 액체로 굳어져

꽃자리에 새긴 우정 도장

— '베고니아꽃' 중에서

　시인의 꽃에는 어느 꽃이든 시인과 함께 하는 소중하고 가까운 이들의 사연이 담겨 있다. '능소화'와 '베고니아꽃'로 전하는 시적 대상인 친구의 사연은 괜히 가슴이 뭉클해진다. 아픈 친구를 위로하는 시인의 마음이 잘 담겨있다. 이국생활에서의 외로운 내면을 달래기 위해 꽃을 노래하기 시작했지만, 점차 시적 대상을 주변의 사랑하는 모든 이들로 확대하면서 늦게 시작한 시창자이 주는 소통과 힐링의 효과를 시인의 삶으로 잘 보여주고 있다.

시는 비유와 상징이 생명이다. 비유와 상징은 빗대어서 돌려 표현하는 시의 핵심기법이다. 예로부터 '밤', '어둠', '겨울'과 같은 말은 누구나 싫어하는 '시련이나 고통'을 의미하는 뜻으로 쓰였고, '별', '햇살', '봄'과 같은 말은 시련이나 고통을 극복하게 해주는 '희망이나 이상적인 세계'를 의미하는 뜻으로 쓰였다. 이것을 객관적 상징화라고 한다. 즉 상징적인 표현에 대해서 누구나 다 쉽게 이해하고 받아들이는 것을 의미한다. 이런 기법을 익히기 위해서는 시의 기본적인 원리를 배워야 한다.

강구자 시인의 시에는 이미 '꽃'이라는 객관적 상징을 지닌 시어가 기본으로 깔려 있다. 그런 점에서 시의 생명인 비유와 상징의 첫발은 잘 들여놓았다. 다소 아쉬움이 있다면 구체적인 시를 들여다 볼 때 객관적 상징의 성공과 실패의 경계를 아슬아슬하게 줄 타는 시어들이 종종 눈에 띈다는 것이다. 이것은 시인이 앞으로 극복해야 할 과제라는 것을 숨길 수가 없다.

하지만 개중에는 처음에는 시인만의 주관적 상징으로 호응을 얻지 못했어도 시간이 지나면 오히려 독창성을 인정받아 시인만의 '주관적 상징'으로 인정받을 수도 있기에 시인의 시에 가장 많이 보이는 '분홍색'이 가지는 시인만의 '주관적 상징'에 대해서는 보충설명이 필요할 것으로 보이기에 잠깐 다루보고자 한다.

가을 가둔
분홍 웃음꽃

바짝 익은 수다로

곰삭은 진분홍빛 추억되어

꽃 자줏빛 옛이야기 나눈다

— '과꽃' 중에서

비 내리는 날이나

햇살 따가운 날이나

분홍 옷 입은 여자 아이처럼

야들야들 살랑살랑

신명 나던 여름

한로(寒露) 찬 이슬로 단장하고

단풍과 맞잡은 꽃 끝에

석류처럼 짙게 익은 진분홍 웃음

— '배롱나무꽃' 중에서

　시인은 결혼과 함께 두 아들을 낳으면서 희생과 헌신을 당연시 하는 엄마의 길을 걷기 시작했다. 아이를 잘 키우자는 마음으로 독서지도사 자격증을 취득해서 아이를 직접 가르치기 시작했다. 그리고 그 경험을 바탕으로 다른 집의 아이들도 맡아 키우는 일을 했다. 그렇게 아이들을 가르치는 일을 하면서 알게 된 것이 아이들은 거의 다 핑크색, 즉 분홍빛을 좋아한다는 것이었다. '핑크공주'라고 불러주면 누구나 다 좋아할 정도였다.
　아이들은 자신을 떼어놓고 출근길에 나서야 하는 엄마와 떨어지기를 싫어한다. 아이를 키우면서 아침마다 곤혹을 치러야 하는 일이다. 그런데 아이가 엄마와 떨어지기 싫다고 떼를 쓸 때 핑크빛 인형으로 유혹하면 달래기가 훨씬 쉽다는 것은 시인은 경험으로 체득하고 있었다. 시인은 그때부터 아이의 해맑은 마음을 표현할 때 '분홍색'이라는 상징어를 쓰기 시작했다. 시인의 독창적이고 주관적인 상징어를 쓰기 시작한 것이다.

이제 독자들도 '분홍색'이라는 시어에 담긴 시인의 독창적이고 주관적인 상징어에 주의를 기울여 시인의 시를 다시 접하게 된다면 '분홍색'이라는 시어가 쓰인 시들에 대해서 새롭게 보이는 시인만의 메시지가 행간에서 살아오는 경험을 할 수 있을 것이다. 이것은 아침마다 아이를 떼놓으려고 애를 먹는 엄마들이 이때 어떻게 하면 어린 아이에게 상처를 주지 않고 떼를 쓰는 아이를 달랠 수 있을지 참고한다면 얼마나 좋겠는가?

봄바람 세차게 불던 날

골난 아이 쏙 내민 입술마냥

퉁퉁 부은 살구나무 생가지

삐죽삐죽 생살 찢고 솟아오른 분홍 망울

　달빛에

살빛 꽃잎 떨굴까 봐

조심조심 발길 때 놓는데도

훅 훅 방황하며 떨어져

마음 시리게 하는 꽃잎

— '살구꽃' 중에서

베이징에서는 입시철이 살구꽃 필 무렵이라는 배경지식이 없으면 이 시에 쓰인 '분홍 망울'의 상징적 의미도 객관적으로 받아들일 수 있는 사람은 많지 않다. 단지 살구꽃이 지는 것을 보고 상실에 대한 쓸쓸함을 노래한 것으로 받아들이기 십상이다. 하지만 시인이 이 시를 쓴 시기가 아들이 유학길에 오른 베이징의 입시철이라는 것을 알게 되면 '살구꽃의 분홍 망울'이 '수험생의 맑은 눈물'을 상징하는 표현이라는 것을 알 수 있게 될 것이다. 그렇다면 이 시를 받아들이는 독자의 해석도 분명히 달라질 수밖에 없을 것이다. 이쯤에서 눈치 빠른 독자라면 이 표현에는 입시를 앞두고 방황하는 수험생인 아들이 더 큰 상처를 받을까 봐 말로 표현하지 못하면서 노심초사하며 아들이 빨리 마음을 추스르기를 바라는 엄마의 마음이 담겨 있다는 것을 읽을 수 있을 것이다.

물론 이런 해석을 지나친 비약이라고 하는 사람도 있을 수 있다. 시인이 시를 쓸 때 처음부터 불특정 다수를 독자로 상정해서 쓴 시라면 얼마든지 달게 받아야 할 비판이다. 시어의 객관적 상징을 이뤄내서 불특정 다수의 독자에게 공감을 얻지 못한 것은 온전히 시인의 잘못으로 돌아가기 때문이다.

하지만 시인이 시를 쓸 때 일차적인 독자를 아들로 한정하고 그 아들과 소통하기 위해 이 시를 썼다면 사정이 달라진다. 시인의 아들은 시인을 알기에 분명히 '분홍 망울'의 상징적인 의미를 이해할 수 있는 자리에 있다. 따라서 아들은 이 시를 통해서 엄마가 입시로 방황하는 자신이 상처를 받을까 봐 걱정하는 마음을 돌려서 표현했다는 것을 분명히 알고 잘 받아들

일 수 있다. 엄마와 아들의 소통에 이보다 더한 표현이 어디 있겠는가? 그렇게 본다면 시인은 이 시를 통해 자식과 소통하고자 하는 목적을 분명히 이룬 것이다. 즉 '살구꽃의 분홍 망울'이라는 표현이 불특정 다수의 독자를 상대로 한 객관적 상징에는 실패했을지 몰라도 수험생 아들이라는 소통의 특정대상을 상대로 한 주관적 상징에는 성공한 것이 된다. 지금 당장 아이가 입시로 방황하며 힘들어 하고 있다면, 주관적 상징을 활용한 돌려 말하기로 소통을 시도하는 것만큼 가치 있는 일이 또어디에 있겠는가?

따라서 시인의 이런 시도는, 즉 불특정 다수인 독자가 아니라 주변의 가까운 이를 독자로 특정해서 소통하기 위한 시라면 한번쯤 주관적 상징의 독창적인 표현기법도 분명히 배워야할 점이 있다. 특히 자식을 가르치면서 직설적인 말로 상처를 주는 부모라면 시인처럼 이렇게 주관적 상징을 활용해서 아이가 상처받지 않게 돌려서 표현하는 기법을 익혀둘 필요가 있다. 물론 객관적 상징까지 성공한다면 금상첨화겠지만, 때에따라서는 아들처럼 한정된 시적대상과 소통을 위한 목적이라면 설사 객관적 상징에는 실패하더라도 충분히 독창적인 표현기법으로 큰 힘을 발휘할 수 있기 때문이다.

4. 꽃과 함께 꽃으로 세상을 밝히는 시인

이순(耳順)에 무릎 꿇고

티끌 같은 하얀 꽃

눈부처 시킨 뒤로

또 보고 싶어지더라고요

일 년 기다려서

본

하얀 꽃

아버지의 지게가 보이고

어머니의 광주리도 보이고

찰나의 꽃

생명 이어주는 소중한 꽃

— '벼꽃' 중에서

시인의 고향은 목아박물관이 있는 여주의 시골 마을이다. 시인은 어렸을 때부터 해마다 벼꽃을 보고 자랐다. 하지만 시인이 비로소 벼꽃을 보게 된 것은 엄마가 되어 비로소 보이는 꽃들을 시로 표현하며 소통하고 힐링하는 묘미에 빠질 무렵이었다.

시인은 '벼꽃'이라는 시 한 편을 얻기 위해 한 해만으로 부족해 이듬해까지 넘겨 벼꽃과 눈부처를 맞춰갔고, 그렇게 자세히 보니 비로소 벼꽃에 새겨져 있는 아버지의 지게와 어머니의 광주리를 볼 수 있었다고 한다. 이순에 무릎 꿇고 얻는 일 년에 걸쳐 얻은 산물이 '벼꽃'인 것이다.

세상에 꽃을 노래한 시인은 많다. 그 중에는 꽃을 꽃으로 볼 수 있는 특권을 누린 이들이 주를 이루고 있다. 꽃이 그만큼 많은 이들의 사랑을 받고 있을 뿐만 아니라 오랜 세월을 거치면서 '꽃'이라고 하면 누구나 꿈꾸는 '이상', 또는 '희망'을 의미하는 상징의 객관화를 이뤄낸 소재이기 때문이다. '꽃길'이라고 하면 누구나 걷고 싶어 하는 '성공의 길'이라는 의미로 통하고 있지 않은가?

그런데 요즘 들어와서 강구자 시인처럼 가족을 위한 희생과 헌신의 삶을 사느라 주변에 지천으로 널려 있는 꽃도 꽃으로 보지 못하며 살다가 특정한 계기를 시작으로 비로소 꽃을 꽃으로 보고 꽃을 노래하기 시작한 시인들이 늘어나고 있다. 우리 사회가 그만큼 경제적으로 여유가 있는 사회가 되었다는 것을 보여주는 현상이다. 앞으로 강구자 시인처럼 꽃을 꽃으로 보지 못했던 이들이 경제적 여유를 갖추면서 비로소 꽃을 보면서 시로 형상화하는 이들이 더 늘어날 것으로 보인다. 매우 고무적인 일이다.

이제 강구자 시인은 인생의 후반전을 맞이하면서 꽃과 함께 꽃으로 세상을 밝히는 시인의 길에 남들보다 좀더 일찍 들어섰다고 볼 수 있다. 흔히 인생을 스포츠에 비교하면서 후반전을 잘 치러야 성공한 인생이라고 한다. 아무리 전반전을 잘 치렀더라도 후반전을 망치면 그것은 성공한 인생이라고 볼 수가 없다. 그런 점에서 비로소 꽃을 보고 꽃을 노래하며 후반전을 여는 시인의 삶은 벌써부터 성공의 문턱으로 들어선 것이라고 볼 수 있지 않을까?

해 닮은 노란 수선화

모래바람 불어 대던 베이징 삼 월

노란 수선화 거실 텔레비전 옆에서

한 송이 한 송이 비발디 '봄' 연주하듯

봄 해처럼 환하게 피었구나

봉긋한 노란 꽃술 도장

봄의 소리 왈츠에 맞추어

너울너울 풍기는 달달한 별 사탕 맛으로

봄이 웃는다

기쁜 봄이

신선이구나

― '수선화' 전문

　백세시대를 맞아 전반전을 사랑과 헌신으로 치르느라 꽃을 봐도 꽃으로 보지 못했지만, 후반전을 맞아 비로소 꽃과 함께 꽃을 노래하며 꽃길을 펼치는 우리 시대의 진정한 엄마시인, 강구자 시인의 앞길에 환한 꽃길이 펼쳐지기를 기원한다. 아울러 새로운 시대의 꽃길을 열어주는 우리 시대의 진정한 소통과 힐링의 강구자 시인을 독자들에게 소개할 수 있음을 한없는 영광과 큰 기쁨으로 생각하며 시인이 펼치는 아름다운 꽃길에 아낌없는 박수와 찬사를 보낸다.

꽃을 보며
꽃 색 꽃 모양을
보이는 대로 보며
참 예쁘다 하며 물들었음을

꽃을 보며
어머니와 아버지뿐 아니라
사람과 사람들과의
인연을 알고부터 철들었음을

이순(耳順)의 꽃 속에는
참회하듯 소중하게
온 천지에 꽃 사랑이 피어났음을

김옥성 선생님의 가르침 따라 초등학생들에게 아동문학가 이오덕 선생님 철학을 바탕으로 '삶을 가꾸는 글쓰기'를 가르쳤던 적이 있습니다. 그 뒤로 저 또한 마음공부가 되었기에 2000년부터 꾸준히 시를 짓고 있습니다. 그 시들 가운데 꽃 시만 골라 〈엄마가 되니 꽃이 보였다〉를 발간합니다. 모쪼록 독자님들이 꽃과 함께 활짝 핀 세상을 만끽하실 수 있기를 바랍니다.

항상 곁에서 아낌없는 지지와 응원으로 도움을 준 남편 박영화 님과 엄마로서 꽃을 꽃으로 보게 만들어준 두 아들, 그리고 어느새 큰아들 곁에서 사랑을 꽃피우는 며느리에게 감사드립니다. 아울러 물심양면으로 도와주신 박선희 선생님, 정덕희 선생님, 김옥성 선생님, 친구 신연숙, 출판이안 대표 이인환 시인님께 감사드립니다.

소통과 힐링의 시 21

엄마가 되니 꽃이 보였다

초판 인쇄 ㅣ 2021년 12월 22일
초판 발행 ㅣ 2021년 12월 24일

지은이 ㅣ 강구자

펴낸곳 ㅣ 출판이안

펴낸이 ㅣ 이인환
등 록 ㅣ 2010년 제2010-4호
편 집 ㅣ 이도경, 김민주
주 소 ㅣ 경기도 이천시 호법면 단천리 414-6
전 화 ㅣ 010-2538-8468
인 쇄 ㅣ 세종피앤피
이메일 ㅣ yakyeo@hanmail.net

ISBN : 979-11-85772-87-5(03810)

값 12,000원

■ 잘못된 책은 구입한 서점에서 바꿔 드립니다.

■ 出版利安은 세상을 이롭게 하고 안정을 추구하는 책을 만들기
　위해 심혈을 기울이고 있습니다.

■ 그림은 유튜브(▶ 은작가 Studio [보태니컬아트])와
　도서 (보태니컬아트/이혜련지음/진선출판사/2016) 중에서 모사하였음.